雅众

elegance

智性阅读

诗意创造

梦蝶⁶⁶首

周梦蝶 著

雅众诗丛

北京联合出版公司
Beijing United Publishing Co.,Ltd.

雅众文化 出品

周梦蝶

(1921—2014)

本名周起述，原籍河南，28岁随军赴中国台湾。退伍后加入蓝星诗社，在台北街头摆书摊谋生，因在街头默坐修禅，被称为"诗坛僧人"，早期作品有《孤独国》(1959)、《还魂草》(1965)，后又出版选集《周梦蝶世纪诗选》(2000)，晚年笔耕不辍，出版诗集《约会》(2002)、《十三朵白菊花》(2004)、《有一种鸟或人》(2009)。

目录

天地

在天地之间读诗。知其宽容也。

蜗 牛

大鹏

在没遮拦的天空纵横驰骤，

丝毫不用愁虑

天檐会挠折它的翎翮。

我没一飞冲天的鹏翼，

只扬起沉默忐忑的触角

一分一寸忍耐的[1]向前挪走：

我是蜗牛。

编者注

1　因时代、地区和诗的特殊表达方式等原因，诗中的"的、地、得"未做明确区分，为保留作品原有诗意，本书以作者原文为准。下同。

死亡的邂逅

一步一涟漪。你翩跹着
踏浪花千叠的冷冷来
来赴一个密约
一个凄绝美绝的假期

昨日你是鳕鱼
戏嬉于无日亦无风的千浔下
戏嬉于无日亦无风的千浔下
我也是的。在昨日
在偶然与必然的一瞥间
我们相遇，相煦而又相忘[1]
面对着一切网

面对着一切网。虽然网开四面
且闪着比夜还柔的眼
——这似疏而密的经纬
以你我的影子织成的——

在茫茫之上，茫茫之外

我们相忘。相忆而又相寻

我们毕竟相遇。在明日

在文着绿藻与珊瑚树的盘中

我们毕竟相遇。是的

当你回过脸来

以恍如隔世的空茫凝睇我

附注

鳕鱼，雪肤细鳞，长三尺许；性拗强，耽寒冷，常潜匿深海岩礁间；每乘兴独游，辄逆流而上。又：《庄子》："相煦以沫，不若相忘于江湖。"[2]

编者注

1　此句化用《庄子·内篇·大宗师》内文："相呴以湿，相濡以沫，不如相忘于江湖。"

2　此处引文或为作者转述。

5

秋 兴
——催成二十二行

抚着动不动就隐隐作痛的横断面
（水成岩，还是火成岩？）
想着昨天。在地层下眨着小眼睛的昨天
无端已青青如盖的昨天
任教雀鸟坐弯了枝桠从不一攒眉头的昨天
唉！怕是再也，再也不能回来了。

高莫高于自己为自己铸造的牢狱！
欲奋垂天之云翼
作九万里之一抟
风声才动
已铁寒侵骨。

想渺渺烟波老处，太白星影下
许或有谁正挥洒石破天惊的大壁画——
自无尽藏磅礴的心里幻出
万水千山络绎辐辏着

奔来他的腕底。啊

那是一道光，一巨灵之巨掌……

曾奢想最好一绝再绝绝到不剩一毫一忽一末

在知了的空肚子里圆寂。却被脐下今夜

只有秋天自己才能听得见的一声短叹催醒，他说：

饮霜露如饮醍醐，

枫叶不是等闲红起来的！

九 月

许久没有访问南山了，
那浓浓的冷香该已将东篱染黄了吧？

这儿的高旷是我的笠屐画出来的——
我鉴赏这儿的风，
这儿的风鉴赏我飘飘的衣襟。

种五十亩酒谷
再种五十亩酒谷
再加上三日一风，五日一雨
我的忧愁们将终年相视而笑了！

当岁之余。当日之余。当晴之余
便伴着一身轻，到山海经里
无弦琴边……和大化，或自己密谈去！
有时也向迟归的云问桃花源的消息
而昏鸦聒噪着，投入暝暝的深林里了……

让

让软香轻红嫁与春水，
让蝴蝶死吻夏日最后一瓣玫瑰，
让秋菊之冷艳与清愁
酌满诗人咄咄之空杯；

让风雪归我，孤寂归我
如果我必须冥灭，或发光——
我宁愿为圣坛一蕊烛花
或遥夜盈盈一闪星泪。

行者日记

昨日啊
曾给罗亭、哈姆雷特的幽灵浸透了的
湿漉漉的昨日啊! 去吧, 去吧
我以满钵冷冷的悲悯为你们送行

我是沙漠与骆驼的化身
我祖卧着, 让寂寞
以无极远无穷高负抱我; 让我的跫音
沉默地开黑花于我的胸脯上

黑花追踪我, 以微笑的忧郁
未来诱引我, 以空白的神秘
空白无尽, 我的忧郁亦无尽……

天黑了! 死亡斟给我一杯葡萄酒
我在峨默[1] 疯狂而清醒的瞳孔里
照见永恒, 照见隐在永恒背后我的名姓

附注

峨默·开阳（Omar Khayyam），波斯诗人，《鲁拜集》作者，有"遗身愿裹葡萄叶，死化寒灰带酒香"之句。

编者注

1　因时代原因，本书中人名译名与现行翻译有所出入，峨默·开阳即奥马尔·海亚姆。此处保留作者原有译名，下同。

刹 那

当我一闪地震栗于
我是在爱着什么时，
我觉得我的心
如垂天的鹏翼
在向外猛力地扩张又扩张……

永恒——
刹那间凝驻于"现在"的一点；
地球小如鸽卵，我轻轻地将它拾起
纳入胸怀。

六 月

蓦然醒来

缤纷的花雨打得我的影子好湿!

是梦? 是真?

面对珊瑚礁下覆舟的今夕。

一粒舍利等于多少坚忍? 世尊

你的心很亮, 而六月的心很暖——

我有几个六月? 我将如何安放我的固执?

在你与六月之间。

据说蛇的血脉是没有年龄的!

纵使你铸永夜为秋, 永夜为冬

纵使黑暗挖去自己的眼睛……

蛇知道: 它仍能自水里喊出火的消息。

死亡在我掌上旋舞

一个蹉跌, 她流星般落下

我欲翻身拾起再拼圆

虹断霞飞，她已纷纷化为蝴蝶。

附注

释迦既卒，焚其身，得骨子累万，光莹如五色珠，捣之
不碎。名曰舍利子。

行到水穷处

行到水穷处
不见穷，不见水——
却有一片幽香
冷冷在目，在耳，在衣。

你是源泉，
我是泉上的涟漪；
我们在冷冷之初，冷冷之终
相遇。像风与风眼之

乍醒。惊喜相窥
看你在我，我在你；
看你在上，在后在前在左右：
回眸一笑便足成千古。

你心里有花开，
开自第一瓣犹未涌起时；

谁是那第一瓣？

那初冷，那不凋的涟漪？

行到水穷处

不见穷，不见水——

却有一片幽香

冷冷在目，在耳，在衣。

还魂草

"凡踏着我脚印来的
我便以我，和我的脚印，与他！"
你说。

这是一首古老的，雪写的故事
写在你的脚下
而又亮在你眼里心里的；
你说。虽然那时你还很小
（还不到春天一半裙幅大）
你已倦于以梦幻酿蜜
倦于在鬓边襟边簪带忧愁了。

穿过我与非我
穿过十二月与十二月，
在八千八百八十之上
你向绝处斟酌自己
斟酌和你一般浩瀚的翠色。

南极与北极的距离短了，

有笑声晔晔然

从积雪深深的覆盖下窜起，

面对第一线金阳

面对枯叶般匍匐在你脚下的死亡与死亡

在八千八百八十之上

你以青眼向尘凡宣示：

"凡踏着我脚印来的

我便以我，和我的脚印，与他！"

约翰走路

早该走了！
可以走而不走。那人
从荒野中来
以深重而幽长的呼唤
为烟岚，为羊牛
为迟迟的夜归人指路
不知其不可如中酒

以苦艾与酸枣之血酿成
不饮亦醉一滴一卮一瓢亦醉
不信？世界乃一酒海
在海心。有几重的时空
就有几重酩酊的倒影

孔雀蓝的花雨满天
风乍起。是谁的舞腰如水蛇
在风中，被荒野的呼唤

浇醉复浇醒的风中

袅袅复袅袅。直到

袅低了天边月

袅直袅乱袅瞎了命运的眼睛

剑的眼睛

血！终不为不义流。

抛一个只有过来人才深知冷暖的浅笑

那人渐行渐远渐明灭如北斗

手里挟着自己的头颅

后序

国王希律，欲以其弟腓力之妻为妻。先知约翰苦谏。王怒而囚之幽室，绝其食饮。王有女曰雪萝[1]，久仰约翰之名之仁之智之词采与风标，乃于深夜具酒脯，只身往视之。约翰已先知之，惟倚壁瞑目坚坐，轻吐"公主自爱"四字而已。女抱恨负愧出，欲诉之于母，入之以罪，而苦于无辞。会希律六十寿庆，女乃着轻绡之衣，衔鸡

20

舌之香，即席仙仙作天魔舞。王形神俱惑，以锦缎百匹，赤珠十斛酬之。女不受，曰："愿得罪人约翰之头而甘心焉。"王始而愕然，继而嘿然，环顾左右臣僚，皆面如寒灰，无敢议其非者。须史，以金盘取约翰之头至，女失声号痛，匍匐而前，掬而狂吻焉。挚友许小鹤居士如是说。公元廿一世纪愚人节前十日。

编者注

1　雪萝即莎乐美。后序中的情节来源于王尔德改编自《圣经》的戏剧《莎乐美》。

弟弟呀

——十行二首拟童诗

之一

想哭的时候
弟弟呀！小黑菌的弟弟呀
你这柄小黑伞，指甲那么大的
真能为你遮雨？

雨下在头上；更多的时候
雨下在肚里。

下在头上的雨
弟弟呀！你有你的小黑伞；
下在肚里的雨
下在肚里的雨呢？

之二

入秋了！
识愁和不识愁的露珠，夜夜
在草叶尖上
端详自己。

——草叶不说话
只微微的倾斜——

只微微的倾斜，
不说话
也不断折。草叶呀
肩膀才只有一寸宽的弟弟呀！

病起二首

予以荒诞，不戒于风，端午节前夕，窗开四面，裸身而卧。次晨，乃大咳而特咳，伏枕三昼夜未下楼，强咽馒头一枚，饮姜开水二十余大杯，十日后，小瘥，勉以长短句代简，驰白蕃蒁、阿璞、阿敏、赖云根、苏敬静、严婵娟诸善友。

之一

终于，又藕断丝不断的醒了转来
在九九第八十一劫之后。
终于，又听到窗外石榴花开的声音
锦雀在对山不近不远处姑姑姑姑的叫着
他口里姑姑心里眼里是否也姑姑？
想及昨夜千不该万不该在梦中出现的那人
锦雀啊！莫非，你就是我的名字？

之二

无端若有青藤有白鸥悠悠飞起自肘后；虽然
肘，依旧是昨日似曾相识的肘。

于高阳台负手而立
面对一肩紫雾，万顷紫竹我自问：
活着是否等于病着？
欲分身为一株药树
历劫乃得，抑一念而苍翠如盖？

垂钓者

之一

是谁？是谁使荷叶
使荇藻与绿苹
频频摇动？

揽十方无边风雨于一钓丝！
执竿不顾。那人
由深林的第一声莺，坐到
落日衔半规。坐到
四十五十六十七十之背与肩
被落花压弯，打湿。……

有蜻蜓竖在他的头上
有睡影如僧定在他垂垂的眼皮上

多少个长梦短梦短短梦

都悠悠随长波短波短短波以俱逝——

在芦花浅水之东

醒来时。鱼竿已不见，

为受风吹？或为巨鳞衔去？

四顾苍茫，轻烟外

隐隐有星子失足跌落水声，铿然！

之二

我坐这一头，

我的朋友星期五

坐那一头，

风只管他自己袅袅的吹

月只管他自己溶溶的白；

小舟摇摇。不比蚱蜢大的

我自制的小舟摇摇

在水上，在水底的天上：
天有多高，我的小舟就有多高！

满篮泼剌的锦鳞
与满眼苍翠摇曳的湖光孰为多少得失？

抛一个过来人的苦笑
我的朋友星期五说：
美，恒与不尽美同在。不信？
认取这微波，肋骨似的
是抉自那个美少年的
生生世世生生
不忍闻与不须说

断魂记

——五月十八日桃园大溪竹篱厝访友不遇

魂，断就断吧！

一路行来
七十九岁的我顶着
七十九岁的风雨
在歧路。歧路的尽处
又出现了歧路

请问老丈：桃花几时开？
风雨有眼无眼？
今夜大溪弄波有几只鸭子？

小师父，算是你吉人遇上吉人了！
风是你自己刮起来的。
魂为谁断？不信歧路尽处
就在石桥与竹篱笆
与三棵木瓜树的那边，早有

凄迷摇曳，拳拳如旧相识
擎着小宫灯的萤火虫
在等你。灾星即福星
隔世的另一个你

久矣不识荒驿的月色与拂晓的鸡啼
想及灾星即福星，想及
那多情的风雨，歧路与老丈——
魂为谁断？当我推枕而起
厝外的新竹已一夜而郁郁为笙为筝为筑
为篙，而在两岸桃花与绿波间
一出手，已撑得像三月那样远

附记

八十八年八月四日敲定。距于竹篱厝枕上初得句，已地
轮自转六十六度矣。惨笑。

月 河

傍着静静的恒河走
静静的恒河之月傍着我走——
我是恒河的影子
静静的恒河之月是我的影子。

曾与河声吞吐而上下
亦偕月影婆娑而明灭；
在无终亦无始的长流上
在旋转复旋转的虚空中。

天上的月何如水中的月？
水中的月何如梦中的月？
月入千水　水含千月
那一月是你？那一月是我？

说水与月与我是从
荒远的，没有来处的来处来的；

那来处：没有来处的来处的来处
又从那里来的？

想着月的照，水的流，我的走
总由他而非由自——
以眼为帆足为桨，我欲背月逆水而上
直入恒河第一沙未生时。

积雨的日子

涉过牯岭街拐角
柔柔凉凉的
不知从那儿飘来
一片落叶——
像谁的手掌，轻轻
打在我的肩上。

打在我的肩上
柔柔凉凉的
一片落叶
有三个谁的手掌那么大的——
嗨！这不正是来自缥缈的仙山
你一直注想守望着的
那人的音息？

无所事事的日子。偶尔
（记忆中已是久远劫以前的事了）

涉过积雨的牯岭街拐角

猛抬头！有三个整整的秋天那么大的

一片落叶

打在我的肩上，说：

"我是你的。我带我的生生世世来

为你遮雨！"

雨是遮不住的；

秋天也像自己一般的渺远——

在积雨的日子。现在

他常常抱怨自己

抱怨自己千不该万不该

在积雨的日子

涉过牯岭街拐角

叩别内湖

——拟胡梅子

即使早知道又如何？

那心情，是哪吒的心情
花雨满天，香寒而稠且湿
拂不去又载不动的
那心情，是哪吒的心情
向佛影的北北北处潜行
几度由冥入冥

何不都还给父，将骨；
而肉都还给母？

那时——再回头时
将只剩这袭荷衣，只剩
手之胖与足之胝
乾坤圈和风火轮输了

难就难在"我"最丢难掉

一如藕有藕丝，莲盅盛着莲子

更无论打在叶上，梗上

那一记愁似一记

没来由，也没次第的秋雨

红蜻蜓

为鹜子主持之水芹菜童剧而写；歌诗俱不似，
尽心焉而已。愧愧！

之一

吃胭脂长大的。
曾经如此爱自由
甚于爱自己
爱异性
又甚于爱自由
不同的异性
所有的异性
但这已是不晓得多少辈子以前的事了
而今
而今你是
什么也不爱
什么也不爱

而今你是

当然，你依旧依旧

爱雨

爱如丝的细雨

爱细雨中的微风

　　微风中的轻盈

当细雨初歇

想必想必你还神往于

两幅奇景——

留得住永恒，留不住这一瞬的

两幅奇景：

晚虹与落日。

当细雨初歇

像蜜月中的小别

小别后的狂喜：
那晚虹，欲言又止的晚虹
那落日，尽此一醉的落日

毕竟。说来说去
毕竟
你还是你
爱红甚于一切
吃胭脂长大的

之二

吃胭脂长大的！
由上辈子吃到这一辈子
吃到下一辈子
越吃胃口越大

越吃越想吃

越是吃不饱。直到

胭脂的深红落尽

胭脂的滋味由甜

而淡，而酸，而苦，而苦苦

而苦成一袭袈裟

苦成一阕寄生草，乃至

苦成一部泪尽而继之以血的

石头记。

蓝蝴蝶

拟童诗：再贻鹜子

之一

我是一只小蝴蝶
我不威武，甚至也不绚丽
但是，我有翅膀，有胆量
我敢于向天下所有的
以平等待我的眼睛说：
我是一只小蝴蝶！

我是一只小蝴蝶
世界老时
我最后老
世界小时
我最先小

而当世界沉默的时候

　　世界睡觉的时候

我不睡觉

为了明天

　　明天的感动和美

我不睡觉

你问为什么我的翅膀是蓝色？

啊！我爱天空

我一直向往有一天

我能成为天空。

我能成为天空么？

扫了一眼不禁风的翅膀

我自问。

能！当然——当然你能

只要你想，你就能！

我自答：

本来，天空就是你想出来的

你，也是你想出来的

蓝也是

飞也是

于是才一转眼

你已真的成为，成为

你一直向往成为的了——

当一阵香风过处

当向往愈仰愈长

而明天愈临愈近

而长到近到不能更长更近时

万方共一呼：

你的翅膀不见了！

你的翅膀不见了

虽然蓝之外还有蓝

飞外还有飞

虽然你还是你

一只小蝴蝶，一只

不蓝于蓝甚至不出于蓝的

之二

风流，而不着一字的

独身主义者。

被一波高于一波的花气

浇醉，复

浇醒——

定定的飞着

在你的背后

那蓝色：比无限大大，无限小小的蓝色

天空的蓝色

像来自隔世的呼唤与丁宁

母亲似的

恻恻

使你喜惊

偶尔顺着风势

你侧翅而下而上

而几经磨洗与周折之后

崭然！又是一种眉目

身世几度回头再回头？

风依旧

无顶的妙高山

无涯的香水海依旧

风色与风速愈抖擞而平善了
在蓝了又蓝又蓝又蓝
不胜寒的蝉蜕之后
你，你可曾蓝出，蓝出
自己的翅膀一步？

本不为醉醒而设施
也从来不曾醉醒过的天空：
一蓝，永蓝！
你飞，蓝在飞边；
你不，飞在蓝里。

于桂林街购得大衣一领重五公斤

对绝大多数的男子而言，"兼身"是万万有其必要的！若得妻而贤而才且美，则终此一生，将为幸福所浸润；纵使恶星照命，与一所谓鸠槃荼者共枕百年，水滴石穿，她依旧能造就你成为豪杰或哲学家。

——苏格拉底

之一

在颇有希腊哲学风味的雨声
谱成的归心里
疾驰。眼前
和身后的路
就愈来愈宽且愈甜美了

作香灯师十世
才修得独身的自由

读吠陀经千转

才修得独身

且哲学家的自由

但是，要修得兼身

兼身

且不害其为哲学家

唉，那就不晓得要累积福慧功德多少

一箪复一箪的

高蹈而孤飞的羽翼

以戒香定香慧香的粉末

金刚的粉末铸成

纵然你是——

保不定

也有力竭的时候

总不能与飞絮同零落

天涯雨横风急

惨绿六十有六

以春天的醉眼来测量

或者，并不算十分太老

或太小

——无限好的事物都安立在

——无限好的所在——

鸟和他的巢

莺花和他的啼笑

有你的，总是有你的

信否？一瓢即三千

而涸辙之鳞之可哀可乐

凡冷暖过的

应各同其戚戚……

从来早知道的代价最奢侈

岸，一向鲁钝

而水一向不适宜于等待

百年几时？百年三万六千日

四一之春色几时？

独身与兼身

荒凉的自由

与温馨的不自由

争执着。淅淅沥沥

在点滴都很哲学

且希腊的马路上

及时的荒凉，沉重而温馨的不自由

像蜗牛。我觉得

我是负裹着一袭

铁打的

苏格拉底的妻子似的

城堡

行走

之二

只一千一百元就换得一袭

永恒的安全瓣

仿佛中

西方过此十万亿佛土

莲花世界的七宝池

便香远益清的

与我同行复同在了

比六小劫长

　一弹指短——

心开即

花开时

吴又闾尊者曾密密

为我授记

是何因缘而有此世界，此海岛

此市此街此旧衣摊？

风雨来得正是时候

冷，来得正是时候

还有，这一千一百元

扁扁的，含垢已久而

渴欲破壁飞去的……

谁说幸福这奇缘可遇不可求

就像此刻——一暖一切暖

路走在足下如涟漪行于水面——

想着东方过此十万亿佛土

被隔断的红尘中

似曾相识而

欲灰未灰的我

笑与泪，乃鱼水一般相煦相忘起来

附注

经言：西方过此十万亿佛土，有世界名极乐；此方众生，若有至心称念彼佛无量光寿名者，虽极罪重恶人，亦得下品下生：于莲胎中，历时六小劫，花开见佛闻法，悟一切智，住不返转。又：所购大衣褛底，有墨书"吴又闾"三字，想即此衣最初之持有者。诗云："岂曰无衣？与子同泽。"思之，不觉莞尔。又：佛预言弟子他日成道作佛因缘曰"授记"。

赋 格

风过处

谁家的步步高，翛然

垂天之云的扇面一般的展开——

好一群小麻雀，孪生，且有志一同

只嫌翅太短河太浅天太窄

粒粒金黄色香稻的阳光尚不足一饮一啄！

肠一日而九回：

由呱呱的第一声哭到阵痛

易折而不及一寸的叶柄可曾识得

自己的叶脉，源流之所从出？

是谁说的：再也没有流浪

再也没有流浪

可以天涯了。

去时路与来时孰近？昏月下

信否？匍匐之所在

自有婆娑的泪眼与开张的手臂

在等待。在呼唤

谁是旋转谁是轴？依旧

拱桥。依旧荷香绿波藻荇和游鱼。虽然

麻雀老矣，赋格又不同于律绝

而非非想诸天鼻梁之孤直而长且高

也不是一飞而可冲的。

八十八岁生日自寿

——外一首

俱往矣俱往矣

好想顺着来时路往回走

在世界的尽头

结跏趺坐。窅然

入无量百千亿劫于一弹指而不动：

我，犹未诞生！

岩隙中的小黄花

要来的，总是要来的！

因圆果满。应以色香得渡

即现色香而为说法——：

原来威音王如来

蹲在这里已经

已经很久了。

附注

空劫前无佛，威音王为第一尊。

病 起

—— 四短句

甲、细雨湿流光（咏春草）

谁知野火已烧过多少百千万亿次？
根拔而心不死：
说绿就绿。乃至
无视于春风之归与不归

乙、楼外乍见一叶堕

似我还似非我。在无丝风片云的
高阳台上。隔窗
乍见金色一叶堕

魂兮魂兮秋之魂兮
袅袅，行乎其所不得不行
止乎其所当止兮

丙、读陶归去来辞

依然。松菊与五柳树
依然。室内的琴书，耒耜乃至
五男儿喧沸的笑语

异哉！若我从来不曾离开过这里
我断断不敢置信
我一向属于这里

丁、中元河上

是谁说的？先有细浪
而后有狂风

岁月静好。都因一向愚痴
把它搅混了

日月

在日月之下读诗。知其清明也。

十三月

苍白又渐渐地聚拢了

风波圆定时。你的影子

又在你的破灭之外展笑着

诱引着你的昵近

    你的再一度破灭与沉沦。

谁俯吻着谁？

谁是谁的自己？

一缕风，一撮土，火与水相黏合

铸成你：飘忽的偶然，断残与陌生。

又是错觉满天飞的

十三月。蝙蝠与陨星群齐染上了色盲；

在水镜之下，在水镜之上

有人正以自己雕塑自己

正为一尊苍白的反射又反射而颤栗。

没有半滴鸟语从天下投落！

芦苇与十字星以长长的笑照亮

囚禁你的瞳孔的褊黑，指点你

怎样无须翅膀也可以越狱！

附注

美少年纳色斯[1]，喜临流照影，顾盼自怜，后竟憔悴死。见希腊神话。

编者注

1　纳色斯指古希腊神话中的纳西索斯（Narcissus）。

第一班车

乘坐着平地一声雷
朝款摆在无尽远处的地平线
无可奈何的美丽，不可抗拒的吸引进发。

三百六十五个二十四小时，好长的夜！
我的灵感的猎犬给囚锢得浑身痒痒的
渴热得像触嗅到火药的烈酒的亚力山大。

大地蛰睡着，太阳宿醉未醒
看物色空蒙，风影绰约掠窗而过
我有踏破洪荒、顾盼无俦恐龙的喜悦。

而我的轨迹，与我的跫音一般幽夐寥独
我无暇返顾，也不需要休歇
狂想、寂寞，是我唯一的裹粮、喝采！

不，也许那比我起得更早的

启明星，会以超特的友爱的关注
照亮我"为追寻而追寻"的追寻；

而在星光绚缦的崦嵫山下，我想
亚波罗与达奥尼苏司[1]正等待着
为我洗尘，为庄严的美的最后的狩猎祝饮……

哦，请勿嗤笑我眼是爱罗先珂，脚是拜伦
更不必絮絮为我宣讲后羿的痴愚
夸父的狂妄、和奇惨的阿哈布与白鲸的命运

因为，我比你更知道——谁不知道？
在地平线之外，更有地平线
更有地平线，更在地平线之外之外……

编者注

1　亚波罗与达奥尼苏司均出自古希腊神话，亚波罗是太阳神、光明神阿波罗（Apollo），达奥尼苏司为酒神狄俄尼索斯（Dionysus）。

四行八首

北极星

那寡独而高的北极星
因为怕冷
想长起一双翅膀
飞入有灯光的窗户里去

司阍者

我想找一个职业
一个地狱的司阍者
慈蔼地导引门内人走出去
慈蔼地谢绝门外人闯进来

我爱

我爱咀嚼酽郁悱恻的诗
我爱咀嚼"被咀嚼"的滋味
当"诱惑"把樱口才刚刚张开一半儿
我已纵身投入

梦

喜马拉雅山微笑着
想起很早很早以前的自己
原不过是一粒小小的卵石
"哦，是一个梦把我带大的！"

悟

拂去黏在发上眉上须上的露珠
从怀疑弥漫灰沉沉的夜雾里
爬上额菲尔斯[1]最高的峰巅
打开眼，看金云抱日出

角度

战士说，为了防卫和攻击
诗人说，为了美
你看，那水牛头上的双角
便这般庄严而娉婷地诞生了

春草

拼一生——
把氤氲在我心里的温润的笑
凝铸成连天滴滴芳绿
将泪雨似的落花的摇摇的梦儿扶住

距离

聪明的,你能否算计出
它从树梢到地面的距离?
当它酡红的甜梦自霜夜里圆醒
当一颗苹果带笑滑落,无风

编者注
1　额菲尔斯指珠穆朗玛峰。

五 月

在什么都瘦了的五月

收割后的田野，落日之外

一口木钟，锵然孤鸣

惊起一群寂寥，白羽白爪

绕尖塔而飞：一番礼赞，一番酬答……

这是蛇与苹果最猖獗的季节

太阳夜夜自黑海泛起

伊壁鸠鲁痛饮苦艾酒

在纯理性批判的枕下

埋着一瓣茶花。

瞳仁们都决定只瞭望着自己

不敢再说谁的心有七窍了！

菖蒲绿时，有哭声流彻日夜——

为甚么要向那执龟壳的龟裂的手问卜？

烟水深处，今夜沧浪谁是醒者？

而绚缦如蛇杖的呼唤在高处

与钟鸣应和着——那是一颗星

那是摩西挂在天上的眼睛!

多少滴血的脚呻吟着睡去了

大地泫然,乌鸦一夜头白!

六 月（又题：双灯）

再回头时已化为飞灰了
便如来的神咒也唤不醒的

那双灯。自你初识寒冷之日起
多少个暗夜，当你荒野独行
皎然而又寂然
天眼一般垂照在你肩上左右的

那双灯。啊，你将永难再见
除非你能自你眼中
自愈陷愈深的昨日的你中
脱蛹而出。第二度的
一只不为睡眠所困的蝴蝶……

在无月无星的悬崖下
一只芒鞋负创而卧，且思维
若一息便是百年，刹那即永劫……

附注

"……尔时阿难，因乞食次，经历淫室。摩登伽女以大幻术，摄入淫席，将毁戒体。如来知彼幻术所加，顶放宝光，光中出生千叶宝莲，有佛趺坐宣说神咒。幻术消灭。阿难及女，来归佛所，顶礼悲泣。"[1]见《楞严经》。又：莎翁论情爱："这里没有仇雠。只是天气寒冷一点，风剧烈一点。"见《暴风雨》。

编者注

1　此处为作者转述自《大佛顶首楞严经》卷一："尔时阿难，因乞食次，经历淫室，遭大幻术。摩登伽女，以娑毗迦罗先梵天咒，摄入淫席，淫躬抚摩，将毁戒体。……阿难见到佛，一面向佛顶礼，一面悲伤地哭泣……"

菩提树下

谁是心里藏着镜子的人呢？
谁肯赤着脚踏过他的一生呢？
所有的眼都给眼蒙住了
谁能于雪中取火，且铸火为雪？
在菩提树下。一个只有半个面孔的人
抬眼向天，以叹息回答
那欲自高处沉沉俯向他的蔚蓝。

是的，这儿已经有人坐过！
草色凝碧。纵使在冬季
纵使结跏者的蹄音已远逝
你依然有枕着万籁
与风月的背面相对密谈的欣喜。

坐断几个春天？
又坐熟多少夏日？
当你来时，雪是雪，你是你

一宿之后，雪既非雪，你亦非你

直到零下十年的今夜

当第一颗流星骎然重明

你乃惊见：

雪还是雪，你还是你

虽然结跏者的跫音已远逝

唯草色凝碧。

作者谨按

佛于菩提树下，夜观流星，成无上正觉。

骈 指

是羚羊挂在这儿的
双角？抑是遗落在望夫石边
空茫的眼神？

谁说五季之后没有第六季？
悬崖高处，我依稀听得春天
战栗复战栗的
走索的声音。

昨日你是积雪，
今日你是积雪下惺忪的春草；
谁家的喜鹊衔来一天红云？
在五月的梅梢。

有鸟自虹外飞来
有虹自鸟外涌起——
你的幽思是出岫的羊群

不识归路，惟见山山秋色。

来自仙人掌上的风，
还向仙人掌里锵然入定；
从此五季之后不复有第六季，
直到定从风中醒来，像蝴蝶
你翩跹着自风中醒来。

附注

武昌北山有望夫石。传昔有征妇，日于是山望其夫归，
死化为石，状若人立。见《幽明录》。

晚安！小玛丽

晚安，小玛丽
夜是你的摇篮。
你的心里有很多禅，很多腼腆
很多即使啄木鸟也啄不醒的
仲夏夜之梦。

露珠已睡熟了
小玛丽
忧郁而冷的十字星也睡熟了
那边矮墙上
蜗牛已爬了三尺高了。

是谁的纤手柔柔地
滑过你的脊背？
你底脊背，雾一般弓起
仿佛一首没骨画
画在伊的柔柔的膝头上。

自爱琴海忐忑的梦里来
梦以一千种温柔脉脉呼唤你
呼唤你的名字；
你的名字是水
你不叫玛丽。

贝叶经关世界于门外
小玛丽
世界在一颗露珠里偷偷流泪
晚香玉也偷偷流泪
仙人掌，仙人掌在沙漠里

也偷偷流泪。谁晓得
泪是谁的后裔？去年三月
我在尼采的瞳孔里读到他
他装着不认识我

说我愚痴如一枚蝴蝶……

露珠已睡醒了

小玛丽

在晨光熹微的深巷中

卖花女冲着风寒

已清脆地叫过第十声了。

明天地球将朝着哪边转？

小玛丽，夜是你的；

使夜成为夜的白昼也是你的。

让不可说去探问风的来处与去处吧！

睡着是梦，坐着和走着又何尝不是？

附注

玛丽，小狗名。

燃灯人

走在我的发上。燃灯人
宛如芰荷走在清圆的水面上
浩瀚的喜悦激跃且静默我
面对泥香与乳香混凝的夜
我窥见背上的天正溅着眼泪

曾为半偈而日食一麦一麻
曾为全偈而将肝脑弃舍
在苦行林中。任鸟雀在我发间营巢
任枯叶打肩，霜风洗耳
灭尽还苏时，坐边扑满沉沉的劫灰

隐约有一道暖流幽幽地
流过我的渴待。燃灯人，当你手摩我顶
静似奔雷，一只蝴蝶正为我
预言着一个石头也会开花的世纪

当石头开花时，燃灯人

我将感念此日，感念你

我是如此孤露，怯羞而又一无所有

除了这泥香与乳香混凝的夜

这长发。叩答你的弘慈

曾经我是腼腆的手持五朵莲华的童子

附注

《因果经》云："尔时善慧童子见地浊湿，即脱鹿皮衣，散发匍匐，待佛行过。"又："过去帝释化为罗刹，为释迦说半偈曰：'诸行无常，是生灭法。'释迦请为说全偈。渠言：'我以人为食，尔能以身食我，当为汝说。'释迦许之。渠乃复言：'生灭灭已，寂灭为乐。'释迦闻竟，即攀高树，自投于地。"

用某种眼神看冬天

用某种眼神看冬天
冬天，冬天的阳光
犹如一簇簇恶作剧的金线虫
在白雪的身上打洞

不呼痛，也从不说不的雪！
一个洞眼一个：
快意的，我把忧愁
譬如昨日死的忧愁
一个洞眼一个
一个洞眼一个的埋却
在某个吞声而不为人知的深夜

要来的，总是要来的！
用某种眼神看冬天
冬天，一切的一切都在放大，加倍——
日，一日长于一日，

夜，一夜暖于一夜，乃至
黑猫的黑瞳也愈旋愈黑愈圆愈亮
而将十方无边虚空照彻

所有的落叶都将回到树上，而
所有的树都是你的我的
手的分枝；信否？
冬天的脚印虽浅
而跫音不绝。如果
如果你用某种眼神看冬天

细 雪

寒冷是没有季节的!

——Octavio Paz[1]

之一

窸窸窣窣切切低低切切
是你! 细雪的精魂
今夜, 又出其不意的来叩访我了!

(今年的冬季好冷又好长啊)

先有地先有天, 地天从何而来
你的左手和我的右手如何交握
(离地三寸三尺, 忽坐忽行忽立
慑人的清光到眼如剑出于匣)
之类的话题。我最最怕听
偏你又最最爱说——

水与诗。信否？你说：

所有的水皆咸

所有的诗皆回文

且皆无题。而所有的树皆手

手皆六指，向六方

一伸出去，就再也缩不回来

永远走在脚印的前头

路。所有的路。为什么？

都如此委曲，细瘦而又多歧

且生着双翼；

那倚山而造，以薜荔围绕的小木屋

为什么老不长高？

明悟，大明悟；孤寂，大孤寂：

谁能透识它的真貌？

不信有你的，只是有你的？

不信冥冥琢就的一段奇

迟迟迟迟又迟迟的瓣香

只为空山独夜的你而开？

自立足处走出

自立足处，只要你能你肯你敢

自立足处走出——

看！好长的天。好长的

天外有山有云有树有鸟有巢，虽然也有

不足为外人道的风雨

总不能白白在自己的白里白死

（谁说白是热中之热色中之色？）

让已到海的到海，成灰的成灰吧！

鸡鸣后，你将惊见每一片草叶尖上

缀满颗颗珊瑚色的露珠如耳语，说：

昨夜我曾来过，且哭过了！

尚须更多更深重的"默许"？
飘然而去一如你飘然而来
当你以左手和我的右手交谈复交握：
今年的冬天好冷又好长啊！

之二

不能忍受之轻之细之弱之冷之妍与巧
在我的枕上。夜夜
作回风舞

仙乎仙乎仙乎

几度我以手中之手眼中之眼

缱绻中之缱绻

仰攀复

仰攀

失声而堕

在我的句下

仄仄平平仄仄：伊已溅为六瓣

白桃之血

之三

美之为美，广大之为广大，

皆胚胎于孤寂。

——Rainer Maria Rilke[2]

是否有意比季节的脚步早半拍？

与寒冷同日生

你，细雪，老天的幺女
小于梅花十三岁的弱妹
永远坚持拒绝长大
十三岁。一生下来就十三岁
而今眼看十三个十万光年都过去了
你，依旧是十三岁

十分怀念没有名字的那一段日子
你说。你本来没有名字
雪这称呼是晋朝一位谢姓才女给叫响的
真不知该谢她还是怪她才好
你说你有洁癖，怕风
又怕热。你很不很不乐意人家把你
撒在空中，像盐；或者，拿你和柳絮
和无所事事混轻尘的柳絮
卷在一起非烟非雾的

未落地便已识得尺短寸长

无言贤于有言的游戏规则——

眉细眼细齿细腰细胃肠细

在屋顶在古塔尖在院子里

在窗外，有香梦沉酣鸟巢的窗外

抱影而舞，翩跹复翩跹

由一个自己到许多许多个自己

早已早已到了甚至过了这极限

该扬弃独身主义的极限

永远的十三岁，不识愁为何物的你

却一味的娇憨，一味的云淡天高山远水活，说

但得半个贴心的寒冷便一生一世了

而你而你早已早已有了

什么样的蚕结什么样的茧

吃什么样的桑叶。毕竟

时间如环无端空间如环无端；毕竟

求未必得，不求未必不得

知女莫如父的老天夜夜夜夜

自至深至静至甜至黑的井底笑出声来

编者注

1　Octavio Paz 为墨西哥诗人奥克塔维奥·帕斯。

2　Rainer Maria Rilke 为奥地利诗人赖内·马利亚·里
尔克。

野菊之墓

——日影片扫描二首之一

从此，凡有爱处
便有龙胆与野菊。

从此野菊便永远
在霜中开——
不同的心境，不同的颜色
一般的坚忍与固执。

从此龙胆便永远是紫色
绝望的紫，切齿的紫
凄惨的，无言的嘴
的紫

从此凡有爱处
便有船，有岸，有伞
复有雨。且无论其为
昨日，今日，明日

红雨，黑雨，白雨

全一样——

伞遮不住雨。即使是

铁铸的

天样大的伞

不敢言，不敢怒，不敢死甚至不敢悲

十七岁

由野菊仍转世为野菊

祸根的十七岁

比一挥手，一声欸乃还短

这距离，夕阳与黄昏

不祥与美的距离

要来的总是要来的。

试向石砌，人砌

也是天砌的箭头问路吧！

你听见不？那响自处处处处

一声比一声幽愁的独语，说：

凡有爱处，便有龙胆与野菊

而紫色恒紫，霜恒冷、恒白……

本事

中学生武志，年十五，与姨母之女民子相爱悦。惟女年
长于武志三岁，格于世俗谬见，乃不得不吞声饮恨，改
适他人。未几，女以流产死，而目不瞑，掌中尚握有武
志所贻之情书及龙胆花残瓣。盖武志常赞女为野菊转世，
而民子亦曾指武志为龙胆投胎云云。

人面石

以你为轴心，我流转
千匝复千匝。
·

打从破空而出，呱呱的第一声
直到灰飞影灭不可说不可说劫
母亲啊，从你没有尘垢的眼里
我逸出，风一般的劲疾
赤裸而盲目：
不识路，不识走
不识水到何处穷，云从几时起……
·

我是三万六千五百零一块之外的一块顽石
冻结中之冻结
今夜，却无端为怨慕而哭了
哭向本来，哭向默默呼唤我的
襁褓一般温暖的现在
哭向你。轴心之内之内

恒醒，而泪眼
恒向暗处远处亮的

·

在你的睫下。在苍翠摇曳的
百草头上。母亲啊
是什么？使你的孩子，从你的心里分出来的
竟蒙昧如斯！竟忘却
你是"一切"的另一个名字。一如我
另一个名字的你

·

曾经且一直是另一个你的我
在若近若远，你的这边或那边
一路走着
一路有天花厚厚的落下来

第九种风

菩萨我法二执已亡，见思诸惑永断；故能护四念而无失，历八风而不动。惟以利生念切，报恩意重，恒心心为第九种风所摇撼耳。八风者，利衰苦乐毁誉称讥是也；第九种风者，慈悲是也。

——《大智度论》

那人在海的漩涡里坐着——

有风从海上来
近的，远的；咸的，涩的；
睫下挟着没遮拦的蛇鞭
眉间点着圆小而高且亮的红痣的；
捧着自己的脚印死吻
不见庐山，只见庐山的云雾的……

那人在海的漩涡里坐着——

寂寞得很广大，缥缈得很绵密：
那人，那俯仰在波上波下的星影
无眠的眼睛
谛听着。在经纬的此端或彼端
在掌心无穷无际的汹涌之中
可有倾摇着，行将灭顶的城市？

那人在海的漩涡里坐着——

或然与必然这距离难就难在如何去探测？
有烟的地方就有火，有火的地方就有灶
有灶的地方就有墙，有墙的地方就有
就有相依相存相护相惜相煦相噬的唇齿——
一加一并不等于一加一！
去年的落叶，今年燕子口中的香泥。

那人在海的漩涡里坐着——

在迢迢的烛影深处有一双泪眼

在沉沉的热灰河畔有一缕断发

呼号生于鼎镬

呻吟来自荆棘……

而欲逃离这景象这景象的灼伤是绝绝不可能的！

恒河是你；不可说不可说恒河之水之沙也是你。

不必说飞，已在百千亿劫的云外。

谁出谁没？涉过来涉过去又涉过来的

空中鸟迹。第几次的扶摇？

鹭鸶又回到雪岭的白夜里了！

曾在娑罗双树下哭泣过的一群露珠

又闪耀在千草的叶尖上了！

那人在海的漩涡里坐着——

有风从海上来。

将自己举起。好高的浪头！

风于风和不风于风的

这同一只手。温柔里的温柔

君知否？终有一日。喔！这种种不同面目的风

都将婵娟为交光的皓月。虽然

那人在海的漩涡里坐着——

附注

娑罗双树为世尊入涅槃处。

十三朵白菊花

——附小序

六十六年九月十三日。余自善导寺购菩提子
念珠归。见书摊右侧藤椅上，有白菊花一大
把：清气扑人，香光射眼，不识为谁氏所遗。
遽携往小阁楼上，以瓶水贮之；越三日乃谢。
六十七年一月廿三日追记。

从未如此忽忽若有所失又若有所得过

在猝不及防的朝阳下

在车声与人影中

一念成白！我震栗于十三

这数字。无言哀于有言的挽辞

顿觉一阵萧萧的诀别意味

白杨似的袭上心来；

顿觉这石柱子是冢，

这书架子，残破而斑驳的

便是倚在冢前的荒碑了！

是否我的遗骸已消散为

冢中的沙石？而游魂

自数万里外，如风之驰电之闪

飘然而来——低回且寻思：

花为谁设？这心香

欲晞未晞的宿泪

是掬自何方，默默不欲人知的远客？

想不可不可说劫以前以前

或佛，或江湖或文字或骨肉

云深雾深：这人！定必与我有某种

近过远过翱翔过而终归于参差的因缘——

因缘是割不断的！

只一次，便生生世世了。

感爱大化有情

感爱水土之母与风日之父

感爱你！当草冻霜枯之际

不为多人也不为一人开

菊花啊！复瓣，多重，而永不睡眠的

秋之眼：在逝者的心上照着，一丛丛

寒冷的小火焰。……

渊明诗中无蝶字；

而我乃独与菊花有缘？

凄迷摇曳中。蓦然，我惊见自己：

饮亦醉不饮亦醉的自己

没有重量不占面积的自己

猛笑着。在欲晞未晞，垂垂的泪香里

除夜衡阳路雨中候车久不至

从来没有如此古怪的安静过

偌大的街道

一向人挤人、车挤车

呼吸挤呼吸、分秒挤分秒

的街道。忽然

被阉了似的

自长沙街

自热雾氤氲的

浴池里走出

老妇人的倦眼

穿过桂林街卖茶叶蛋的

老妇人的倦眼

穿过平交道——

我惊见铁轨在雨中

闪着冷光

忍耐、坚毅而坦荡

义无反顾的

伸向无尽远处

然后，由小南门左转

直奔衡阳路

衡阳路。为各式各样行人的脚而活

使命感极重的——

今夜，却是为谁？

那边㉛路站牌下

一个小妇人

牵着小孩

在等车。却又不像

不像在等：

一派素位、知命的神情

在离我右肩不远的这边

傍二二〇站牌而立

孪生兄弟似的

这两位老者

瘦高，着水蓝长袍

毡帽的顶端

粒粒水银似的雨珠闪耀

时间走着黑猫步子

雨落着。细碎而飘忽

像雪

从来没有抱怨过天气

如果老天爷要下雨

那是因为他要下雨

与除夜不除夜无关

然而我的车

五分钟一班的

我的车

何以如此迟迟

而又迟迟？

好久没有碰到老萧了

那位头发像刺猬阔肩膀短脖子很爱喝两盅的

红脸汉子。一坐进热水池子

便冤声冤气唱叹月儿弯弯照九州的

好久好久没看到他了

也不晓得今夜他在那儿买醉

雨落着。有一滴没一滴

不动心

的落着

如果有车来

最好㉛先来

然后二二〇

要不，二二〇先来……

说真的！我并不怎样急着要回去

反正回去与不回去都一样

反正人在那里家就在那里

此外的一切

一切的一切

一切的一切的一切

都显得很远很远——

是久而敬之的那种远

远天的星光

远山的树色

客厅里珊瑚红的贝壳灯

牙刻的西湖十景

于右老的"风雨一杯酒"

前阳台与后阳台

阳台上的仙人掌

龙舌兰与铁线蕨……

迟迟又迟迟

何以我的车

开向外双溪的？

等。除了等

只有等。

真的！我并不在意等

我已足足等了大半辈子

我熟识等的滋味

等像柠檬热红茶加糖

甜而微酸：

我喜欢等。

我喜欢等。

我已几几乎乎忘记

我在等了

时间走着蜗牛步子

街道是广大、温润而明亮的湿

雨，早已停了

全然没注意那个小妇人还有

穿长袍的那两个老者

是几时走的——

总之，整条衡阳路

乃至全台北市

如今，就只剩我一个人了

远远望见有一双暗红的

失眠的眼

缓缓的

缓缓缓缓的

向我移来——

莫非百分之百这就是驶向外双溪寓所

最最后后一班

我要搭的?

凡事好歹总有个尽头

不晓得等:

这愈印愈酸的

有没有尽头?

夜有没有?

时间走着骆驼步子

雨,忽冷忽热的

又落了下来

咏叹调

之一

仿佛被一根看不见的
柔若蜘蛛之丝的什么牵着
那人的瓦钵
砰然
将自己
掷向睡莲睡过
非睡莲也睡过的空中
八方无风

之二

同样的土壤，同样的阳光
同样的
上帝的雨雪和慈悲

何以？蓼红而芦白

荠甜而荼苦

玫瑰的身上纹着密密的刺

这是可说而不可说的

你的脚印吃着你的

他的脚印吃着他的

鞋子。

之三

那人一边喝酒

　一边骂酒；

不绝口的骂却又

不停杯的喝——

蹉跎复蹉跎的明日复明日
圆颅方趾的猩猩啊！

之四

总不能让地球
白白的辛苦
总不能让今天
　一生只出现一次的今天
　白白的溜走——

知否？百年三万六千日
日日二十四小时
他，地球
我们的小兄弟
都是挛挛只为你而朝夕，而转动啊

之五

谁说视一切众生如赤子的慈舟
只渡有缘，
不信功德山王如来的普光
只照高山；

纵目十方三世重重皆无尽！
宁少掌心一角天外天
  荷叶那么大的
  容纳我的蒲团？

之六

谁知此生曾暗饮白刃多少？

算来那孤悬于

夕阳影下

枫梢之血：

仅乃晚秋眼中，盈盈

未晞之一滴而已

四 月

——有人问起我的近况

甚矣甚矣吾衰矣吾衰矣。眼见得
字越写越小越草
诗越写越浅，信越写越短
酒虽饮而不知其味
无夕不梦。梦里不是雨便是风
却从不曾出现过蝴蝶

且喜四月已至。四月
孟夏的四月是我的季节
听！这笛萧。一号四号八号十三号
愚人节儿童节浴佛节泼水节。而且

太阳历才过了，太阴历又来
谁说人生长恨；水，但见其逝？

走总有到的时候

——以顾昔处说等仄声字为韵咏蜗牛

走总有到的时候

你说。与穆罕默德同一鼻孔出气

自霸王椰足下下下下处一路

匍匐而上而上而上直到

与顶梢齐高

真难以置信当初是怎样走过来的

不敢回顾，甚至

不敢笑也不敢哭——

生怕自己会成为江河，成为

风雨夜无可奈何的抚今追昔

善哉十行

人远天涯远？若欲相见
即得相见。善哉善哉你说
你心里有绿色
出门便是草。乃至你说
若欲相见，更不劳流萤提灯引路
不须于蕉窗下久立
不须于前庭以玉钗敲砌竹……

若欲相见，只须于悄无人处呼名，乃至
只须于心头一跳一热，微微
微微微微一热一跳一热

星辰

在星辰之畔读诗。知其温柔也。

孤独国

昨夜，我又梦见我
赤裸裸的趺坐在负雪的山峰上。

这里的气候黏在冬天与春天的接口处
（这里的雪是温柔如天鹅绒的）
这里没有嬲骚的市声
只有时间嚼着时间的反刍的微响
这里没有眼镜蛇、猫头鹰与人面兽
只有曼陀罗花、橄榄树和玉蝴蝶
这里没有文字、经纬、千手千眼佛
触处是一团浑浑莽莽沉默的吞吐的力
这里白昼幽阒窈窕如夜
夜比白昼更绮丽、丰实、光灿
而这里的寒冷如酒，封藏着诗和美
甚至虚空也懂手谈，邀来满天忘言的繁星……

过去伫足不去，未来不来
我是"现在"的臣仆，也是帝皇。

川端桥夜坐

浑凝而囫囵的静寂
给桥上来往如织剧喘急吼着的车群撞烂了

而桥下的水波依然流转得很稳平——
（时间之神微笑着，正按着双桨随流荡漾开去
他全身墨黑，我辨认不清他的面目
隔岸星火寥落，仿佛是他哀倦讽刺的眼睛）

"什么是我？
什么是差别，我与这桥下的浮沫？"

"某年月日某某曾披戴一天风露于此悄然独坐"
哦，谁能作证？除却这无言的桥水？

而桥有一天会倾拆
水流悠悠，后者从不理会前者的幽咽……

守墓者

是第几次？我又在这儿植立！
在立过不知多少的昨日。

十二月。满山草色青青。是什么
绿了你的，也绿了我的眼睛？

幽禁一次春天，又释放一次春天
如阴阳扇的开阖，这无名的铁锁！

你问我从何处来？太阳已沉西
星子们正向你的发间汲水。

一茎摇曳能承担多少忧愁？风露里
我最艳羡你那身斯巴达的金绿！

记否？我也是由同一乳穗恩养大的！
在地下，在我累累的断颚与耻骨间

伴着无眠——伴着我的另一些"我"们

花魂与鸟魂，土拨鼠与蚯蚓们

在一起瞑默——直到我从醒中醒来

我又是一番绿！而你是我的绿的守护……

摆渡船上

负载着那么多那么多的鞋子
船啊，负载着那么多那么多
相向和相背的
三角形的梦。

摆荡着——深深地
流动着——隐隐地
人在船上，船在水上，水在无尽上
无尽在，无尽在我刹那生灭的悲喜上。

是水负载着船和我行走？
抑是我行走，负载着船和水？
暝色撩人
爱因斯坦的笑很玄，很苍凉。

豹

会中有一天女，以天花散诸菩萨，悉皆坠落；
至大弟子，便着不坠。天女曰："结习未尽，
故花着身。"[1]

——《维摩经·观众生品》

你把眼睛埋在宿草里了
这儿是荒原——
你的孤寂和我的孤寂在这儿
相拥而睡。如神明
在没有祝祷与馨香的夜夜。

欧尼尔的灵魂坐在七色泡沫中
他不赞美但丁。不信
一朵微笑能使地狱容光焕发
而七块麦饼，一尾咸鱼
可分啖三千饥者。

雪在高处亮着

五月的梅花在你愁边点燃着——

由卢骚街[2]到康德里

再由鸡足山直趋信天翁酒店

琵琶湖上，不闻琵琶

胭脂井中，惟有鬼哭……

终于，终于你把眼睛

埋在宿草里了

当跳月的鼓声喧沸着夜。

"什么风也不能动摇我了"

你说。虽然夜夜夜心有天花散落

枕着贝壳，你依然能听见海啸。

编者注

1 此处为作者转述自《维摩诘所说经·观众生品》："时

维摩诘室有一天女，见诸天人闻所说法，便现其身，即以天华，散诸菩萨大弟子上。华至诸菩萨，即皆堕落，至大弟子，便著不堕。……天曰：'……结习未尽，华著身耳！'"

2　卢骚街即卢梭街，现位于法国巴黎。

托钵者

滴涓涓的流霞
于你钵中。无根的脚印啊！
十字开花在你匆匆的路上
在明日与昨日与今日之外
你把忧愁埋藏。

紫丁香与紫苜蓿念珠似的
到处牵挂着你；
日月是双灯，照亮你鞋底
以及肩背：袈裟般
夜的面容。

十四月。雪花飞
三千弱水的浪涛都入睡了。
向最下的下游——
最上的上游
问路。问路从几时有？

几时路与天齐?

问优昙华几时开?

隔着因缘,隔着重重的

流转与流转——你可能窥见

那一粒泡沫是你的名字?

长年辗转在恒河上

恒河的每一片风雨

每一滴鸥鹭都眷顾你——

回去是不可能了。枕着雪涛

你说:"我已走得太远!"

所有的渡口都有雾锁着

在十四月。在桃叶与桃叶之外

抚着空钵。想今夜天上

有否一颗陨星为你默默堕泪?

像花雨，像伸自彼岸的圣者的手指……

附注

优昙华三千年一度开，开必于佛出世日。又：王献之有妾曰桃叶，美甚；献之尝临渡，歌以送之。后因以桃叶名此渡。

穿墙人

灼然而又冷然
你的行踪是风。
所有的墙壁，即使是铜铸的
都竖直了耳朵；
都像受魔咒催引似的
纷纷向你移来，移来。

每一隅黑暗都贴满你的眼睛。
你的眼睛是网
网着方向——向着你的
以及，背着你的。

猎人星夜夜照着你的窗户。
你的窗户，有时打得很开
有时锁得很密
有时开着比锁着还要昏暗
磷光满眼，苍黄的尘雾满眼……

猎人星说只有他有你的钥匙。

猎人星说：如果你把窗户打开

他便轻轻再为你关上……

孤峰顶上

恍如自流变中蝉蜕而进入永恒
那种孤危与悚栗的欣喜!
仿佛有只伸自地下的天手
将你高高举起以宝莲千叶
盈耳是冷冷袭人的天籁。

掷八万四千恒河沙劫于一弹指!
静寂啊,血脉里奔流着你
当第一瓣雪花与第一声春雷
将你的浑沌点醒——眼花耳热
你的心遂缤纷为千树蝴蝶。

向水上吟诵你的名字
向风里描摹你的踪迹;
贝壳是耳,纤草是眉发
你的呼吸是浩瀚的江流
震摇今古,吞吐日夜。

每一条路都指向最初！

在水源尽头。只要你足尖轻轻一点

便有冷泉千尺自你行处

醍醐般涌发。且无须掬饮

你颜已酡，心已洞开。

而在春雨与翡翠楼外

青山正以白发数说死亡；

数说含泪的金檀木花

和拈花人，以及蝴蝶

自新埋的棺盖下冉冉飞起的。

踏破二十四桥的月色

顿悟铁鞋是最盲目的蠢物！

而所有的夜都咸

所有路边的李都苦

不敢回顾：触目是斑斑刺心的蒺藜。

恰似在驴背上追逐驴子
你日夜追逐着自己的影子；
直到眉上的虹采于一瞬间
寸寸断落成灰，你才惊见
有一颗顶珠藏在你发里。

从此昨日的街衢；昨夜的星斗
那喧嚣；那难忘的清寂
都忽然发现自己似的
发现了你。像你与你异地重逢
在梦中，劫后的三生。

烈风雷雨魑魅魍魉之夜
合欢花与含羞草喁喁私语之夜
是谁以狰狞而温柔的矛盾磨折你？

虽然你的坐姿比彻悟还冷

比覆载你的虚空还厚而大且高……

没有惊怖，也没有颠倒

一番花谢又是一番花开。

想六十年后你自孤峰顶上坐起

看峰之下，之上之前之左右

簇拥着一片灯海——每盏灯里有你。

约 会

谨以此诗持赠
每日傍晚
与我促膝密谈的
桥墩

总是先我一步
到达
约会的地点
总是我的思念尚未成熟为语言
他已及时将我的语言
还原为他的思念

总是从"泉从几时冷起"聊起
总是从锦葵的徐徐转向
一直聊到落日衔半规
稻香与虫鸣齐耳
对面山腰丛树间

袅袅

生起如篆的寒炊

约会的地点

到达

总是迟他一步——

以话尾为话头

或此答或彼答或一时答

转到会心不远处

竟浩然忘却眼前的这一切

是租来的：

一粒松子粗于十滴枫血！

高山流水欲闻此生能得几回？

明日

我将重来；明日

不及待的明日

我将拈着话头拈着我的未磨圆的诗句

重来。且飙愿：至少至少也要先他一步

到达

约会的地点

七十五岁生日一辑

风从何处来

主说：要有火！
于是天上有霹雳与闪电。

又说：要有水！
于是地上有霜露与冰雪。

然而，从来没听见主说要有风要有风啊
乱云深处，何来照眼一株红杏？

咏蝉

空着肚子
却唱得如此响；
难道，这就是因为

这就是所以么？

从稚夏到深秋
从无到有到非有非非有：
透骨的清凉感啊
这次第，怎一个知字了得！

致某歌者

一字一顿挫一抑扬
一字一抑扬一顿挫
歌声自那人右胁一线天的有无间荡开
魂兮魂兮魂兮
桃花有多水那人就有多水

月已堕，鹊犹绕，露正繁

欲仰攀此一蜘蛛之丝而远逝
魂兮魂兮魂兮
那人已将前路乃至无边颠倒裳衣的夜空
举过了头顶

题未定

在一寸艳一寸血的重重玫瑰之上
再画一重玫瑰，
画到夏日最最后一瓣时
夜莺遂声声不忍闻了！

不同于玫瑰而同于玫瑰的身世：
在自割的累累伤痛之上再割一次
割到夏日最最后一寸时
夜莺遂声声不忍闻了。

不信

不信草叶有眼，有耳？

不信？轻轻呼唤一草叶的名字
所有的草叶，所有的
都一时耳痒
且泫然出涕

用去年来过的样子再来一次
身世悠悠，此生已成几度？

为什么不循着原路倒退着回家？
乡心才动，已云山千叠！

草叶呀！不信从来你我只有一个脐带？

所以，睡吧

所以，睡吧，一笑而得其所哉的睡吧！
有花香缀满你走过的崎岖的路
你的路，虽为自己而走
却不为自己而有。虽然
有江河处就有你的波涛
而一颗星的明灭同于你的喜戚

所以，睡吧，一笑而得其所哉的睡吧！
醒来时或劫已千变了！
不为自己而有甚至不为自己而走
天可坠日可冷月可冥
无边的草色将不断绿着湿着你的
更行更远还生的笛子

焚

人，即使在欢乐中，也不能一直持续他的沉醉；
那时，他就思念痛苦了。

—— 戈耶

曾经被焚过，
在削发日
被焚于一片旋转的霜叶。

美丽得很突然
那年秋天，霜来得特早！
我倒是一向满习惯于孤寂和凄清的；
我不欢喜被打扰，被贴近
被焚
那怕是最最温馨的焚。

许是天谴。许是劫余的死灰
冒着冷烟。

路是行行复行行，被鞋底的无奈磨平了的！

面对遗蜕似的

若相识若不相识的昨日

在转头时。真不知该怎么好

捧吻，以且惭且喜的泪？

抑或悠悠，如涉过一面镜子？

伤痛得很婉约，很广漠而深至：

隔着一重更行更远的山景

曾经被焚过。曾经

我是风

被焚于一片旋转的霜叶。

灵山印象

尔时世尊在灵山会上拈花示众，众皆默然，惟迦叶尊者破颜微笑。世尊曰："吾有正法眼藏，实相无相，不立文字，教外别传；付嘱摩诃迦叶。"[1]

——《指月录》

一片一片又一片，四片五片六七片，八片九片十来片：飞入梅花都不见。

——逸名咏雪

一眼就不见了！
寒过，而且彻骨过的
这雪花。就这样
让一只手
无骨
而轻轻浅浅的
拈起——

雷霆轰发

这静默。多美丽的时刻！

那人，看来一点也不怎样的

那人，只用一个笑

轻轻浅浅的

就把一个笑

接过去了……

编者注

1　此处为作者转述自《指月录》卷一："世尊在灵山会上，拈花示众，是时众皆默然，惟迦叶尊者破颜微笑。世尊曰：'吾有正法眼藏，涅盘妙心，实相无相，微妙法门，不立文字，教外别传，付嘱摩诃迦叶。'"

再来人

举世皆笑，我不妨独哭；举世皆哭，我何忍独笑。

——你说

怀着只有慈悲可以探测的奥秘

生生世世生生

你以一片雪花，一粒枯瘦的麦子

以四句偈

以喧嚣的市声砌成的一方空寂

将自己，

举起。

在禅杖与魔杖所不能及的上方

在香远益清的尘中

一朵苦笑照亮一泓清晓是你静默之舞蹈

在倏生倏灭的

足音与轮影中

不离寸步

与希微踵接。

长于万水千山而短于一喝！

在永远走着，而永远走不出自己的

人人的路上——

不见走，也不见路

只有你！只有你的鞋底

是重瞳

且生着双翼。

为一切有缘而忍结不断

为一切有缘

你向剑上取暖，鼎中避热。

且恨不能分身

如观世音

为人人

渴时泉，寒时衣，倦时屋，渡时舟，病时药……

凡播种毒芹草的，他年

终须收获毒蛇。

你说。天是鸟画出来的。

今日之你：来自孤山之苍翠的；仍将孤起

苍翠之明日。

碧莲有眼；白发无根。解铃在你

系铃也在你。

而你在何处？

宛如一面镜子，呼唤

另一面镜子

从世尊自菩提树下起

到灯火阑珊，相对无语的此时——

你在何处？你，未波之水

弦前弦后之月色

常时像等待惊蛰似的等待着你

深静的雷音。而且坚信

在转头，或无量劫后

在你影入三尺的石壁深处，将有

一株含笑的曼陀罗

探首向我：传递你的消息

再来的。

附白

伊弟赠诗。戏取渊明自挽笔意，为损益而润饰之。若自誉，
而实自嘲也！五六年二月二十二日。

九宫鸟的早晨

九宫鸟一叫

早晨，就一下子跳出来了

那边四楼的阳台上

三只灰鸽子

参差其羽，向楼外

飞了一程子

又飞回；轻轻落在橘红色的阑干上

就这样：你贴贴我，我推推你

或者，不经意的

剥啄一片万年青

或铁线莲的叶子

犹似宿醉未醒

阑阑珊珊，依依切切的

一朵小蝴蝶

黑质，白章

绕紫丁香而飞

也不怕寒露

染湿她的裳衣

不晓得算不算是另一种蝴蝶

每天一大早

当九宫鸟一叫

那位小姑娘，大约十五六七岁

（九宫鸟的回声似的）

便轻手轻脚出现在阳台上

先是，擎着喷壶

浇灌高高低低的盆栽

之后，便勾着头

把一泓秋水似的

不识愁的秀发

梳了又洗，洗了又梳

且毫无忌惮的

把雪颈皓腕与葱指
裸给少年的早晨看

在离女孩右肩不远的
那边。鸡冠花与日日春的掩映下
空着的藤椅上
一只小花猫正匆忙
而兴会淋漓的
在洗脸

于是，世界就全在这里了

世界就全在这里了
如此婉转，如此暸哓与真切
当每天一大早
九宫鸟一叫

鸟 道

——谢翁文娴寄 Chagall 飞人卡

背上有翅的人

有福了!

一向为地心吸力所苦

而仰痛了向日葵的脖子的

都说。

小时候

我问燕子

快乐么

他微微一笑

很绅士

又孺子不可教也似的

把尾巴轻轻那么

一甩——飞了

唇上有了短髭之后

快乐么

我很想问苍鹰

而苍鹰在高空

他忙于他的盘旋

　忙于他的蓄势待发

那不可一世的英姿

那钩吻，锐爪与深目

使我战栗

而今岁月扶着拐杖

——不再梦想辽阔了——

扶着与拐杖等高

翩跹而随遇能安的影子

正一步一沉吟

向足下

最眼前的天边

有白鸥悠悠

无限好之夕阳

之归处

归去

微澜之所在，想必也是
沧海之所在吧！
识得最近的路最短也最长
　而最远的路最长也最短：
树树秋色，所有有限的
都成为无限的了

老妇人与早梅

七十一年农历元旦，予自外双溪搭早班车来台北，拟转赴云林斗六访友。车经至善路，蓦见左近隔座一老妇人，年约七十六七岁，姿容恬静，额端刺青作新月样，手捧红梅一段，花六七朵，料峭晓气中，特具艳姿。一时神思飞动，颇多感发。六七年来，常劳梦忆。日前小病，雨窗下，偶得三十三行，造语质直枯淡，小抒当时孤山之喜于万一而已。

车遂如天上坐了
晓寒入窗
香影
不由分说
飞上伊的七十七
或十七

只为传递此一

切近

而不为人识的讯息而来：

春色无所不在。

春色无所不在！

老于更老于七十七而幼于更幼于十七

窈窕中的窈窕

静寂中的静寂：

说法呀！是谁，又为谁而说法？

从路的这一头望过去是前生

从那一头望过来

也是。不信？且看这日子

三万六千呱呱坠地的

每一个日子

赫！不都印有斑斑死昨生今的血迹

五瓣五瓣的？

若举问路是怎样走过来的？

这仆仆，欲说不可、不忍亦复不敢

多长的崎岖就有多长的语言——

是的！花开在树上。树开在

伊的手上。伊的手

伊的手开在

地天的心上。心呢？

地天的心呢？

渊明梦中的落英与摩诘木末的红萼

春色无所不在

车遂如天上坐了

吹剑录十三则

报刘金纯兼示黄小鹂与叶惠芬

吹剑者，谓无韵也。

之一

上帝
从虚空里走出来
彷徨四顾，说；
我要创造一切，
我寂寞！

之二

只为对抗
孤寂
这匝天匝地的侵害

没有翅膀的山

甲胄似的

披满了绿苔

之三

连一些些儿风影和水光都无

时间的女儿

腼腆的昼与夜

轻手轻脚的行过——

我们只惊叹于白芙蕖的花瓣

合拢了

又绽开，绽开

又合拢了

之四

浩浩荡荡的江河
挟泥沙以俱下的江河
他的名字，或者
该称之为"不废"吧！

然而，没有名字也有
没有名字的快乐
不被呼唤的快乐
仅次于"不废"，或介于
"废"与"不废"之间的——
湖说。

之五

封藏得愈深，愈久

根须将愈牢固

枝叶将愈苍翠，愈密茂

而花事亦将愈演愈繁

　　　　欲尽无尽……

——种子，毕竟不欺人的！

之六

为惊喜，娇羞与满足而脸红？

看到花开，

眼前便闪过一抹笑影：

朝霞似的

是属于春天这小女孩

未嫁，而已然做了妈妈的

之七

失明或失踪：
太阳这婴儿
会不会有一天？

上帝不许。那时，将有第二个
第三，第不计其数的
入胎复入胎

信否？无不能生有
一有，永有：
孤独最最不能忍受孤独

之八

思量着

（不思量也一日百千次）

思量着自己

自己的肤色与身世

莫非与枇杷

缔结过生死缘？

在月色昏黄的山路边

曾经是木棉花

依旧是木棉花的你

抚今追昔，竟拳拳复拳拳

而环珮空归的

昭君怨起来

之九

一夜之间

芦花已老了十年

天西北而地东南
欸！这般忧
这一叶落的兴亡
不记从何时起
竟悄悄落在
野人的头上

之十

唧唧复唧唧
纺织娘纺织着
六与七。
为什么不四与五
或九与八？

为什么不？

成灰与欲仙

美丽与哀愁

同时。

十三啊！纺织娘说：

我爱死了你

这数字

之十一

跟慈云大士一样

在软红十丈的尘外看我

我，想必也是

宝衣宝冠

手千而眼千

且顶有圆光，巍巍
照十方界如满月？

直到，直到有一天
恍如隔世的你
无端闯进大士藕孔的心里
至幸或至不幸的
你发现：在膏之下肓之上
赫然！好大两个黑窟窿

——跟我一样！

之十二

楚汉已七番人间了
第一颗棋子儿犹未落定

日影悄悄。云外无鸡犬
除了那人已灰的斧柄

之十三

"有你的，总是有你的！"
这是踏歌归去，啄余的
第九十九粒香米

像小麻雀一般的乐观
而今我是：天不怕地不怕
甚至稻草人也不

无 题

牛年二月初九惊蛰日
再贻黑芽

之一

每一滴雨，都滴在它
本来想要滴的所在；
而每一朵花都开在
它本来想要开的枝头上。

谁说偶然与必然，突然与当然
多边而不相等？

樱桃红在这里，不信
樱桃之心早忐忑在无量劫前的梦里？
共说谁家的金钏，昨夜
又自沉于深井里了！

鹅鸭依旧坚持生生世世划水，而蜻蜓
只习惯于不经意之一掠

之二

有三月的所在不必有桃花水
有鸳鸯的所在必有香和热
大风起兮。君不见
一代天骄成吉思汗的宝弓才弯
而大漠孤烟之雁已侧翅
双双双双落
扑朔而又迷离。思量过
颠倒裳衣，且母亲过的有福了

不举足而家到。是谁说的
吃甚么桑叶儿结甚么茧儿
肘偏能生柳。不信从热灰里不能
爆出一颗冷豆来？

人在海棠花下立

——书董剑秋兄摄影后　十八行代贺卡

人生实难，大道多歧。

——台静农

且喜左上方尚剩有一角
寒鸦色的天空；且喜
尚有余红三五朵由右下方
耿耿孤忠大块大块的绿托着
将堕未堕不起欲起

毕竟人与树与花与流光
谁为谁而妩媚？
直教人
扼腕也来不及击节也来不及

乃惊叹于眉发白得如此绝情
而美之为美低回之为低回与夫
若到不到晚到与早到

惆怅是一样的！

君莫问：惆怅二字该怎么写？
看！晚风前的我
手中的拄杖与项下的钵囊
一眼望不到边
偶然与必然有限与无限

花心动

之一

那蔷薇。你说。你宁愿它
从来不曾开过。

与惆怅同日生：
那蔷薇。你说。如果
开必有落，如果
一开即落，且一落永落

之二

眼见得眼见得那青梗
一路细弱的弯下去弯下去
是不能承受岁月与香气的重量吧

摇落安足论

瘦与孤清，乃至

辗转反侧。只恨无新句

如新叶，抱寒破空而出

趁他人未说我先说

有一种鸟或人

有一种鸟或人
老爱把蛋下在别家的巢里：
甚至一不做二不休，干脆
把别家的巢
当作自己的。

而当第二天各大报以头条
以特大字体在第一版堂皇发布之后
我们的上帝连眉头一皱都不皱一皱
只管眼观鼻鼻观心打他的瞌睡——
想必也认为这是应该的了！

附白

据说布谷鸟生蛋，不自孵育，而寄养于邻巢；邻巢之母鸟欣欣然梦梦然，亦不疑其非己出也。《诗经·国风·召南》：维鹊有巢，维鸠居之。世有赁屋而不付租金，或虽付而微乎微乎其微。此亦人形之鸠耳。惨笑。公元二〇〇一年愚人节灯下。

我选择

　　——仿波兰女诗人 Wislawa Szymborska[1]，
共三十三行

我选择紫色。

我选择早睡早起早出早归。

我选择冷粥，破砚，晴窗：忙人之所闲而闲人之
　　所忙。

我选择非必不得已，一切事，无分巨细，总自己
　　动手。

我选择人一能之己十之，人十能之己百之。

我选择以水为师——：高处高平，低处低平。

我选择以草为性命，如卷施，根拔而心不死。

我选择高枕：地牛动时，亦欣然与之俱动。

我选择岁月静好，猕猴亦知吃果子拜树头。

我选择读其书诵其诗，而不必识其人。

我选择不妨有佳篇而无佳句。

我选择好风如水，有不速之客一人来。

我选择轴心，而不漠视旋转。

我选择春江水暖，竹外桃花三两枝。

我选择渐行渐远，渐与夕阳山外山外山为一，而

曾未偏离足下一毫末。

我选择电话亭：多少是非恩怨，虽经于耳，不入于心。

我选择鸡未生蛋，蛋未生鸡，第一最初威音王如来未降迹。

我选择江欲其怒，涧欲其清，路欲其直，人欲其好德如好色。

我选择无事一念不生，有事一心不乱。

我选择迅雷不及掩耳。

我选择持箸挥毫捉刀与亲友言别时互握而外，都使用左手。

我选择元宵有雪，中秋无月；情人百年三万六千日，只六千日好合。

我选择寂静。铿然！如一毫秋蚊之睫之坠落，万方皆惊。

我选择割骨还父割肉还母，割一切忧思怨乱还诸天地；而自处于冥漠，无所有不可得。

我选择用巧不如用拙，用强不如用弱。

我选择杀而不怒。

我选择例外。如闰月；如生而能言；如深树中见
　　一颗樱桃尚在；如人呕尽一生心血只有一句诗
　　为后世所传诵：枫落吴江冷。……

我选择牢记不如淡墨。（先慈语）

我选择稳坐钓鱼台，看他风浪起。（先祖母语）

我选择热胀冷缩，如铁轨与铁轨之不离不即。

我选择行乎其所不得不行，而止乎其所当止。

我选择最后一人成究竟觉。

我选择不选择。

编者注

1　Wislawa Szymborska 为波兰诗人、作家维斯瓦娃·辛
波丝卡。

图书在版编目（CIP）数据

梦蝶66首 / 周梦蝶著 . —— 北京：北京联合出版公司, 2023.10（2024.1 重印）

ISBN 978-7-5596-7226-1

Ⅰ . ①梦… Ⅱ . ①周… Ⅲ . ①诗集－中国－当代 Ⅳ . ① I227

中国国家版本馆 CIP 数据核字 (2023) 第 179391 号

梦蝶66首

作　　者：周梦蝶
出 品 人：赵红仕
策划机构：雅众文化
策 划 人：方雨辰
特约编辑：廖　珂
责任编辑：龚　将
装帧设计：汐　和 at compus studio

北京联合出版公司出版
（北京市西城区德外大街83号楼9层　　100088）
北京联合天畅文化传播公司发行
山东临沂新华印刷物流集团有限责任公司印刷　新华书店经销
字数33千字　　1092毫米×787毫米　　1/32　　6.25印张
2023年10月第1版　　2024年1月第2次印刷
ISBN 978-7-5596-7226-1
定价：52.00元

雅众诗丛·国内卷

《蓝色一百击:陈黎诗选》

《世界的渡口:蓝蓝诗集》

黄灿然《奇迹集》

《遗址:叶辉诗集》

《傍晚降雨:吕德安四十年诗选》

《兀鹰飞过城市:宋琳诗选》

《我身上的海:朱朱诗选》

《飘浮的地址:凌越诗选》

《安息吧动物:倪湛舸诗选》

《月亮以各种方式升起:傅元峰诗集》

《半夜待雪喊我:廖伟棠诗选》

《悲伤或永生:韩东四十年诗选》

《略多于悲哀:陈东东四十年诗选》

《一个拣鲨鱼牙齿的男人:胡续冬诗选》

《梦蝶66首》

即将出版:

《多多五十年诗选》(暂名)

《翟永明四十年诗选》(暂名)

《梁秉钧五十年诗选》(暂名)

……